Ronny, le petit renne courageux

Histoires de Noël pour enfants sur la confiance en soi, l'amitié et l'amour du prochain

Mentions légales :

L'auteure **Aurélie Louise** est représentée par un groupement de plusieurs écrivains, auteurs, lecteurs et pédagogues sociaux :

Julia Sittenauer (relecture socio-pédagogique, co-auteure)
Marianna Scarna (co-auteure et relecture partielle)
Benjamin Spahic (distribution et co-auteur)
Kim Nusko (design)
Yves Münch - kreatyves_ (Couverture)

Responsable du contenu :
Benjamin Spahic
12, rue Konradin-Kreutzer
D - 76684 Östringen
Courriel : Benjamin-Spahic@web.de

Ronny, le petit renne courageux
Première parution 06.09.2023
ISBN livre de poche : 978-3-9825717-8-2
ISBN Hardcover : 978-3-9825717-7-5
Distribution par kindledirectpublishing
Amazon Media EU S.à r.l., 5 Rue Plaetis, L-2338, Luxembourg

Pourquoi imprimer en noir et blanc ?

Oui, les images colorées sont belles, mais elles nécessitent nettement plus de ressources qu'une impression en noir et blanc.
En outre, chaque livre vendu émet environ 800 g de CO_2. Le CO_2 généré lors de la production et de l'envoi du livre électronique ou de la version imprimée du livre est compensé de manière démontrable, par exemple en encourageant les énergies renouvelables ou en reboisant les forêts.

Nous essayons de produire nos livres de la manière la plus écologique qui soit. Pour ce faire, nous utilisons des encres sans chlore et le papier est composé à 30 % de matériaux recyclés.

Un livre n'est généralement lu qu'une ou deux fois, puis reste sur une étagère pendant des années ou finit à la poubelle.
C'est pourquoi nos livres sont délibérément imprimés sur du papier de couleur crème et en noir et blanc.
Sinon, le prix de ce livre serait nettement plus élevé et l'environnement serait inutilement pollué.

Ceux qui souhaitent apprécier l'histoire en couleur peuvent télécharger gratuitement la version numérique disponible sur les dernières pages du livre.

Chapitre

Le village sous la neige 5
Ronny, le renne 16
Bobbi, le lutin 24
Pinpin, le lapin de Pâques............... 32
Le contrôle d'école 38
La fabrique de cadeaux 56
Le cambrioleur 60
En quête de papier cadeau 76
Le grand jour 86
Une aide de dernière minute 96
Le décollage catastrophe 108
La fête de Noël 120
Tout est bien qui finit bien 122

Le village sous la neige

C'est le mois de décembre au pôle Nord. Le soleil brille faisant scintiller la banquise et un vent glacial balaie joliment le paysage. Dans cette région rude se trouve un petit village dissimulé sous la neige, qu'on peut dénicher si la chance nous sourit. Des maisons de pierre, de neige et de glace, grandes et petites, s'y côtoient étroitement.

Même si le village semble discret, ses habitants sont chaque année à l'origine d'un miracle enchanteur qui te concerne toi aussi. Peu impressionnantes de l'extérieur, les nombreuses habitations sont pourtant très animées.

En effet, si l'on regarde à l'intérieur, on n'en croit pas ses yeux ! Des tapis roulants, des machines et de drôles de mécanismes remplacent les sofas, les tables et les télés. Sans parler des nombreux petits animaux et autres êtres vivants qui s'affairent inlassablement au sein des foyers.

Chaque année, à la période de Noël, les vœux de Noël des enfants du monde entier sont exaucés dans le petit village. C'est pourquoi on l'appelle : le village de Noël.

« Mais c'est le Père Noël qui s'occupe des cadeaux… », contesteras-tu sûrement.

C'est vrai, mais il y a des millions d'enfants dans le monde entier. Trouver et emballer des cadeaux pour tous les enfants, c'est beaucoup trop de travail pour lui tout seul. Après tout, le Père Noël a plus de 1000 ans. C'est pourquoi il ne livre qu'une partie des cadeaux à l'aide de son traîneau volant. La livraison des cadeaux restants est assurée par ses petits assistants, les lutins, qui grimpent chacun dans un traîneau tiré par quelques rennes et rempli de cadeaux pour aller gâter les enfants.

Les lutins sont de petits hommes travailleurs et taquins. Ils portent un habit rouge et une longue barbe blanche. Ce sont des êtres très fidèles ; ils aident le Père Noël depuis que Noël existe.

Pour que tous les cadeaux soient emballés à temps pour la veille de Noël, de nombreux animaux dont des lapins et des pingouins, entre autres êtres fantastiques, apportent leur aide dans la fabrique de Noël. Une grande partie des pingouins travaille dans les bâtisses extérieures du village.

Ils consultent les listes de souhaits des enfants répertoriées sur des ordinateurs et vérifient si les petits garçons et les petites filles en question ont été bien sages.

Comme ils sont particulièrement bienveillants, on leur a confié la tâche de choisir les cadeaux pour chaque enfant. Une liste des cadeaux nécessaires est ensuite transmise à la fabrique de cadeaux.

La fabrique de cadeaux est la plus grande et la plus belle bâtisse du village. Elle se trouve au centre de celui-ci. Elle se compose d'une seule et immense pièce, merveilleusement décorée pour Noël.

Dans cette pièce, d'innombrables chaînes de montage et de machines tournent à toute vapeur de jour comme de nuit.

Des rubans adhésifs, des rubans cadeaux et des cartes de vœux s'empilent ici et là. Dans un coin, des piles de boîtes vides et du papier cadeau de toutes les couleurs et de tous les motifs imaginables forment une montagne qui touche presque le plafond..

À côté, des pères Noël en chocolat sont emballés dans des feuilles d'aluminium dorées. Dans cette grande fabrique à cadeaux, les rennes et les lutins se chargent d'emballer et de ranger les cadeaux. Sur le flanc de la fabrique se trouve un parking de la taille d'un terrain de foot. C'est là que sont garés les traîneaux de Noël en attente d'être utilisés.

Bien entendu, la colonie comprend d'autres bâtiments, notamment des logements pour les bénévoles, un petit parc de loisirs et même une école où les animaux et autres petites créatures apprennent leur métier de Noël.

Sans les rennes volants qui tirent vaillamment le traîneau du Père Noël et des lutins, tous les cadeaux ne pourraient pas être livrés. C'est le travail préféré des rennes. Toutefois, c'est un exercice très fatigant, c'est pourquoi les rennes ont parfois besoin de se reposer et de se relayer pour que les traîneaux chargés de cadeaux arrivent rapidement à destination.

Pourtant, une question reste en suspens :

Où se trouve la maison du Père Noël ?

En voilà une bonne question ! Même en fouillant tout le village, il n'y a aucune trace d'un homme au ventre rond, à l'impressionnante barbe blanche et au bonnet rouge en pointe.

C'est que le Père Noël a du travail : il s'occupe des préparatifs de Noël pour qu'aucun enfant au monde ne soit oublié ! Seuls ses amis les plus proches savent où il habite.

Peu avant la veille de Noël, le Père Noël pointe son nez dans les usines de Noël à bord de son traîneau volant et emporte avec lui quelques cadeaux déjà emballés. Sans l'entraide communautaire qui règne dans le village de Noël et la collaboration de tous les animaux et créatures de la fabrique de Noël, il serait impossible que tous les enfants reçoivent leur cadeau préféré à temps pour le réveillon.

Toutefois, cette année, dans la fabrique de Noël, tout ne s'est pas déroulé comme prévu...

Ronny, le renne

Il était midi et Rony, le petit renne, était assis avec sa meilleure amie, Annie, à l'école des rennes. Ils écoutaient attentivement les paroles de la maîtresse. Le dernier cours de la journée venait de commencer et les petits rennes apprenaient à plier correctement le papier cadeau. Cette matière s'appelait « le pliage du papier cadeau ».

Ronny est un petit renne effronté à la fourrure brun clair. Il se distingue des autres par un trait physique très particulier : son bois droit est légèrement plus petit que son bois gauche.

Ronny a été nommé d'après son papa et s'appelle en réalité Ronald, mais tous ses amis lui attribuent affectueusement le sobriquet de Ronny.

Le père de Ronny, Ronald, est connu dans tout le village de Noël, car depuis plusieurs années il fait partie du groupe de rennes qui tire le traîneau du Père Noël la veille de Noël. Pour cette raison - entre autres bien sûr -, le père de Ronny est un véritable héros aux yeux du petit renne qui espère un jour pouvoir tirer le traîneau de Noël aux côtés de son papa.

La cloche de l'école retentit. Ronny était en train de ranger ses affaires d'école lorsque la maîtresse, Madame Neige, fit un rappel important aux enfants rennes : « N'oubliez pas que demain vous avez un contrôle. Et pour les six meilleurs d'entre vous, j'aurai une grande surprise ».

« Oh, une surprise ! Qu'est-ce que ça peut bien être ? », demanda Annie à son ami Ronny.

J'espère que c'est un bonnet de Noël rouge, se dit Ronny à lui-même. Il rêvait depuis si longtemps d'un bonnet de Noël chaud et douillet. Chaque fois qu'il voyait un autre renne portant un tel bonnet, il ne pouvait s'empêcher de l'envier, espérant qu'un jour, on lui en offrirait un qu'il pourrait porter fièrement. Il s'imaginait le tissu moelleux lui réchauffant le crâne et la couleur rouge vibrant de tout son éclat sur sa tête.

Annie et Ronny prirent leurs affaires d'école, puis sortirent. Ronny était perdu dans ses rêveries de bonnet douillet, aussi ne remarqua-t-il pas le sabot qui se tendait dans sa direction au sol. Ronny buta sur le sabot malintentionné, chancela et, ne trouvant à quoi s'agripper, il finit par s'affaler sur le sol dur et glacé. Ses affaires scolaires étaient éparpillées tout autour de lui.

« Ben alors, tes bois tordus t'ont fait perdre l'équilibre ? », se moqua une voix derrière lui avant d'éclater de rire. Ronny tourna la tête pour voir qui lui avait fait le croche-pied. Sans surprise, il vit que c'était Brutus.

Brutus était un renne vaniteux et cruel, qui malheureusement était dans la même classe que Ronny. Il se moquait souvent de l'apparence de Ronny, de ses bois plus courts et inégaux.

« Laisse-le tranquille ! », s'imposa Annie pour défendre son ami.

« Oh, le petit Ronny est si lâche qu'il se fait protéger par une fille !? », ricana Brutus d'un air méchant et hautain. Puis tout aussi dédaigneux, il leur dit : « Vous feriez mieux de rentrer chez vous étudier pour le contrôle de demain. Mais de toute façon, vous n'avez aucune chance contre moi ».

« Tu t'es fait mal ? », demanda Annie à Ronny une fois que Brutus se fût éloigné, « Viens, je vais t'aider à ramasser tes affaires ».

« Je vais bien, merci », la rassura Ronny, « Brutus est juste méchant ».

Essayant d'oublier Brutus et ses paroles dédaigneuses, ils quittèrent l'école et marchèrent le long des rues blanches en direction de chez eux. De hauts monticules de neige bordaient joliment la route. À un carrefour, un énorme bonhomme de neige avait même été monté. Une longue carotte formait son nez et sa bouche était composée de petits cailloux noirs.

Il portait une écharpe rose et sur sa tête était posé un bonnet rouge à pointe avec des rayures blanches. C'était un magnifique bonhomme de neige !

Une rue avant la maison de Ronny, le chemin de l'école le séparait d'Annie. Ils se dirent au revoir et Ronny pressa le pas afin de rentrer pour potasser son contrôle de demain. C'est alors qu'un bruissement se manifesta dans l'un des monticules de neige qu'il dépassait.

Ronny tendit l'oreille, quelque peu anxieux.

Bobbi, le lutin

Bien qu'un peu effrayé, Ronny s'approcha prudemment du monticule. Tout d'abord, il entendit des marmonnements, puis au fur et mesure qu'il se rapprochait, ceux-ci devinrent plus distincts si bien qu'il finit par comprendre les mots suivants :

« Ce n'est pas possible ! Il doit bien être quelque part… ».

Ronny fit un pas de plus et aperçut finalement un petit homme très agité. Il était un peu plus petit que Ronny, portait un vêtement rouge et une longue barbe blanche. Le petit homme se frayait un chemin dans la neige et cherchait apparemment quelque chose.

« Sa… salut ! Est-ce que je peux t'…aider ? », demanda Ronny au petit homme d'une voix un peu tremblante. Le petit homme répondit en frissonnant légèrement :

« J'ai perdu hier soir mon bonnet de Noël dans l'obscurité, maintenant j'ai froid et tout le monde voit que je n'ai pas de cheveux sur la tête. Mais je ne me souviens plus exactement où je l'ai perdu. Hier soir, tout avait l'air différent. Est-ce que tu as une idée d'où pourrait se trouver mon bonnet ? Il est rouge avec des rayures blanches ».

Ronny réfléchit. Il voulait aider le petit bonhomme. La description lui était familière. Mais où avait-il vu ce bonnet ?

C'est alors qu'il se souvint : « Oui, je l'ai effectivement vu quelque part. Il ressemble fortement au bonnet que portait le bonhomme de neige qui se trouve quelques rues plus loin ».

Les yeux du petit homme s'écarquillèrent d'espoir.

« Aurais-tu l'amabilité de me montrer où se trouve ce bonhomme de neige ? », demanda-t-il à Ronny.

« Bien sûr, je vais juste prévenir mes parents que je m'absente une minute », dit le petit renne. « Viens donc avec moi », invita-t-il le lutin en lui tendant la main.

« Au fait, je m'appelle Ronald, mais tu peux m'appeler Ronny, si tu veux. »

Le petit homme parut ravi. « Moi, c'est Bobbi », dit-il. « Je suis un lutin, j'aide à la fabrique de cadeaux ».

Les deux nouveaux amis se rendirent chez Ronny. Sa mère l'attendait déjà à l'entrée où elle accueillit avec tendresse les deux aventuriers. Ronny posa son sac à dos et annonça à sa mère : « Maman, voici Bobbi. Je sors rapidement pour l'aider à retrouver son bonnet ».

« D'accord, mon chéri, mais n'oublie pas que tu dois encore étudier pour ton contrôle de demain ! », rétorqua la maman de Ronny.

Ronny acquiesça rapidement, puis accompagné de Bobbi, il se remit en route.

Bobbi parla de la fabrique de Noël et de sa famille : « Nous, les lutins, sommes originaires des forêts de Scandinavie. Mon frère, par exemple, vit en Norvège ».

Ronny et Bobbi s'entendaient bien. Ils bavardaient tranquillement tout en marchant.

Il ne leur fallut pas longtemps pour parvenir au bonhomme de neige. Et, effectivement, le bonnet était là, toujours posé sur la tête de ce dernier.

Un peu plus loin, deux enfants pingouins formaient une autre boule pour le ventre d'un deuxième bonhomme.

Bobbi s'approcha d'eux et leur demanda : « Bonjour, vous deux. C'est vous qui avez fait le grand bonhomme de neige ? » Et comme les pingouins acquiesçaient, il reprit : « Où avez-vous trouvé le bonnet ? Je suis presque certain que c'est le mien ».

Les pingouins se regardèrent, interloqués. Puis l'un d'eux répondit : « Je l'ai trouvé ce matin sur le chemin de l'école, à quelques rues d'ici, dans un tas de neige. Je me suis dit qu'il irait parfaitement à notre bonhomme de neige ».

Bobbi comprit pourquoi le bonnet n'était plus là où il l'avait perdu. Le jeune pingouin, avec un certain effort, retira le bonnet du bonhomme de neige et le tendit à Bobbi :
« Nous sommes vraiment désolés, nous pensions que quelqu'un s'en était simplement débarrassé ».

Bobbi l'avait bien sûr compris. Il posa, ravi, le bonnet de laine sur son crâne dégarni. Le lutin n'en revenait pas de sa chance et rayonnait de joie. Il se tourna alors vers le petit renne :

« Merci, Ronny, sans toi je n'aurais jamais retrouvé mon bonnet ».

Ronny trouva formidable que Bobbi soit heureux et n'ait plus froid. Il était un peu fier de lui, après tout, il avait contribué à ce bonheur. Comme quoi, c'est toujours important d'avoir des amis à ses côtés, qui nous soutiennent et nous aident, quand on est confronté aux défis difficiles de la vie.

Pinpin, le lapin de Pâques

Ronny s'apprêtait à dire au revoir à Bobbi lorsqu'un autre animal croisa soudain son chemin. C'était un petit lapin au pelage brun clair, avec deux longues et fines oreilles, ainsi qu'un nez retroussé tout rose. Le lapin regarda autour de lui.

Ronny n'avait jamais vu un lapin au pelage brun dans la fabrique de Noël. Surtout pas avec un nez rose.

En général, seuls les lapins des neiges à la fourrure blanche aidaient le Père Noël.

Le petit lapin sautilla dans leur direction et les interpella : « Excusez-moi. Je m'appelle Pinpin et je voudrais rendre visite à mon cousin Sammy le lapin des neiges. Savez-vous où il habite ? »

Bobbi haussa les épaules, mais Ronny hocha la tête. Il savait en effet où vivaient les lapins des neiges. Ceux-ci n'étaient qu'à une rue de chez Ronny. Le petit renne pouvait bien faire ce petit détour pour que Pinpin rejoigne son cousin.

Ronny fit donc chaleureusement ses adieux à Bobbi, puis se dirigea avec Pinpin vers le quartier des lapins des neiges. En chemin, Ronny et Pinpin se lièrent d'amitié. Ronny demanda s'il était le seul lapin à avoir un nez rose retroussé.

« Oui, je suis le seul lapin avec un nez rose », confirma Pinpin en riant. « Mon papa dit que je suis très spécial. Je m'appelle Pinpin ».

Pinpin lui expliqua qu'il faisait partie de la famille des lapins de Pâques et qu'il avait déjà vécu de nombreuses aventures. Par exemple, à Pâques dernier, tous les œufs de

Pâques avaient été volés juste avant la fête de Pâques. Ronny écouta Pinpin avec intérêt.

Le temps passa très vite et bientôt ils arrivèrent dans le quartier des lapins.

Le cousin de Pinpin, Sammy, l'attendait déjà.

Il était blanc comme la neige et portait un nœud papillon vert autour du cou.

« Salut cousin, content que tu sois enfin là ». Les deux se frottèrent leur bout de nez retroussé pour se saluer. « Ça tombe bien que tu amènes un ami, j'ai cuisiné beaucoup trop de mon délicieux ragoût de carottes et de pommes de terre ». Ronny refusa d'abord poliment l'invitation de partager le plat, il devait rentrer chez lui et réviser pour son contrôle d'école du lendemain, mais Sammy insista, si bien qu'il finit par accepter.

Et ainsi, quelques instants plus tard, Ronny était assis à table avec Pinpin et Sammy et dévorait le délicieux ragoût qu'on lui avait servi.

Les animaux s'amusèrent tant et si bien que Ronny ne vit pas l'heure tourner.

Et lorsqu'enfin il daigna s'intéresser à l'heure, il se rendit compte que la nuit était presque tombée... et qu'il n'avait toujours pas étudié pour son contrôle !

« Oh la la ! », s'écria-t-il, paniqué. Il s'était tellement amusé en compagnie de Bobbi, Pinpin et Sammy qu'il avait complètement perdu la notion du temps.

Ronny bondit alors de sa chaise et se rua vers la sortie pour rentrer chez lui, laissant Pinpin et Sammy complètement abasourdis.

Le contrôle d'école

Ronny était assis à son bureau dans sa chambre, l'air triste. Le lendemain matin, il avait un important contrôle et il n'était pas sûr de le réussir. Aujourd'hui avait été exceptionnel. Il s'était fait de nouveaux amis, mais il s'était amusé trop longtemps et craignait de n'avoir pas le temps d'étudier.

Le petit renne était penché sur son cahier d'école, concentré, et révisait ses maths.

Parmi les épreuves, les rennes devaient par exemple calculer quel carton était adapté à un cadeau donné.

Le calcul n'était pas vraiment un problème pour Ronny, car pendant les cours de mathématiques, on leur avait souvent donné des exercices à faire et Ronny avait presque toujours calculé le bon résultat, et ce, du premier coup.

Mais il restait encore quelques tâches que Ronny ne comprenait pas tout à fait et il ne lui restait plus que ce soir pour les apprendre.

C'est pourquoi, il avait comme une grosse boule d'angoisse dans le ventre. « Et si je n'arrive pas à faire le travail ? J'aurai une mauvaise note et papa et maman seront sûrement très tristes », se dit Ronny, peiné.

Il était toujours assis, penché sur son cahier d'exercices, quand il fut soudain extirpé de ses sombres pensées.

« Bonsoir, mon p’tit chouchou. Comment se passe ta révision ? Tout va bien ? », demanda la maman de Ronny en ouvrant la porte de sa chambre.

Ronny avait déjà réfléchi à la possibilité de mentir et de dire demain à ses parents qu'il avait très mal au ventre. Ainsi, il n'aurait pas à se rendre à l'école et ne risquait pas de recevoir de mauvaises notes.

Mais cela ne servirait à rien. Si Ronny ne faisait pas son travail demain, il aurait un devoir de rattrapage la semaine suivante et ce dernier était tout aussi difficile. D'après Madame Neige, cela dissuadait les petits malins de se porter malades pour ne pas réviser dans les temps. Seuls les vrais malades avaient la possibilité de se rattraper grâce ce devoir.

Cela n'avait donc aucun sens pour Ronny de dire qu'il n'allait pas bien. En plus, Ronny n'aimait pas l'idée de mentir à ses parents. Ils se montraient toujours honnêtes avec lui. Et au final, Ronny ne se sentait pas si mal, c'était juste la peur qui le tiraillait. Le pauvre petit renne était désemparé, il ne savait pas quoi faire.

Après quelques hésitations, Ronny décida de dire à sa maman la vérité, à savoir qu'aujourd'hui, il n'avait pas vu le temps passer et qu'il avait peur de ne pas avoir assez révisé pour le contrôle de demain. La maman de Ronny le prit tendrement entre ses pattes.

« Ce n'est pas grave, mon petit. C'est tout à fait normal que tu aies peur. Moi-même, aujourd'hui encore, il m'arrive d'avoir des craintes. Mais si je suis certaine d'une chose, c'est que tu t'en sortiras très bien demain et que tu réussiras ton contrôle », déclara sa maman. Puis elle lui prit le museau et ajouta : « Si tu crois fermement en toi, tu peux tout faire, mon petit renne ».

La maman de Ronny avait raison. C'était un renne intelligent ; il s'en sortirait certainement. Même si la soirée était déjà bien avancée, il lui restait encore un peu de temps pour étudier. Ronny remercia sa maman pour ses paroles réconfortantes. Il se remit aussitôt à réviser et étudia encore un bon moment, si bien qu'il faillit s'endormir sur son cahier d'exercices.

Épuisé mais heureux, Ronny s'affala sur son lit.

Le lendemain matin, il dit à ses parents qu'il avait étudié jusqu'à tard dans la nuit et qu'il se sentait prêt pour l'examen. Son papa lui répondit simplement :

« C'est super ! Mais même si tu oublies quelque chose ou que tu ne réussis pas aussi bien que tu le pensais, ce n'est pas grave.

L'important, c'est que tu donnes le meilleur de toi-même ! »

Une fois arrivé à l'école, Ronny se rendit immédiatement dans la salle de classe. Son amie Annie l'y attendait déjà, assise à la place à côté de lui.

« Es-tu aussi excité que moi ? », demanda-t-elle à Ronny d'une voix un peu tremblante.

Ronny s'apprêtait à répondre, mais il fut interrompu par un autre renne. Bien sûr, c'était Brutus. « Alors, la mauviette, t'es prêt à échouer ? », lui dit le cruel petit renne.

Mais cette fois, Ronny ne compta pas se laisser faire. Il prit son courage à deux mains - enfin à deux pattes - et répondit au rustre : « On verra bien qui de nous deux finira par échouer ! C'en est fini de tes moqueries et de tes bousculades, Brutus ! Dès lors, je ne te laisserai plus faire ! ».

Le silence tomba soudainement. Personne n'avait jusqu'alors eu le courage de tenir tête à Brutus de cette manière. Stupéfait, le vilain renne se détourna et s'éloigna sans dire un mot. Annie ne put retenir son rire.

« Tu lui as donné une bonne leçon », dit-elle à Ronny.

Mais la joie fut de courte durée. Mme Neige entrait déjà dans la classe pour distribuer les copies d'examen.

« Bonjour, les enfants, j'espère que vous allez bien et que vous n'êtes pas trop excités », les salua la maîtrise en adressant un clin d'œil à sa classe.

« Si elle savait... », chuchota Annie à l'intention de Ronny. Ronny ne put s'empêcher de laisser échapper un petit rire. La plaisanterie de son amie lui fit du bien et allégea l'atmosphère fort tendue.

Une fois les copies devant eux, tous les petits rennes s'attaquèrent au questionnaire.

Comme les premiers exercices étaient similaires aux exercices de révision, ils ne posèrent aucun problème à Ronny.

Les trois tâches suivantes ne furent pas très complexes non plus pour le petit renne. Il avait réussi la première partie, qui ne lui avait pris que 15 minutes. La deuxième promettait d'être plus ardue. Il prit une grande inspiration et se remémora les paroles de sa maman : « Si tu crois en toi, tu peux tout faire ».

Maman avait raison. *Je peux réussir le contrôle,* s'encouragea Ronny, puis il s'attaqua aux épreuves restantes.

La classe était silencieuse. Seul le bruit des stylos rythmait le temps.

Même pour Charlie, le premier de la classe, les tâches étaient un défi. Ses sourcils se fronçaient tant il se concentrait.

Ronny pouvait entendre le tic-tac de l'horloge suspendue au-dessus de la porte d'entrée de la salle de classe. Il avait l'impression que sa tête fumait tellement il faisait d'efforts. Progressivement, il accomplit les épreuves.

Il venait de terminer le dernier exercice lorsque la maîtresse s’écria : « C’est terminé ! Posez vos stylos ! Je vais maintenant ramasser vos copies ». Ronny leva les yeux et vit quelques-uns de ses camarades de classe griffonner des chiffres à la vitesse de l'éclair.

Madame Neige traversa les rangs, ramassa les copies des enfants et les mit dans son sac marron.

« Je vous félicite pour vos efforts, les enfants », dit-elle. « Demain matin, vous aurez les résultats ».

Ce jour-là, Ronny rentra heureux à la maison. Il raconta à sa maman et à son papa comment s’était déroulé le contrôle et leur dit qu'il n'avait pas baissé les bras, malgré la difficulté de certaines épreuves. Ses parents étaient fiers de lui.

« Tu vois, mon chéri, je savais que tu pouvais y arriver ! », se réjouit sa maman. Tous les membres de la famille se serrèrent les uns contre les autres.

Le lendemain matin, à l'école, les copies corrigées étaient déjà disposées sur la table des enfants. Ronny se précipita vers la sienne. Lorsqu'il vit la note qu'il avait obtenue, il n'en crut pas ses yeux. Dans l'impossibilité de contenir sa joie, il se mit à sautiller joyeusement dans tous les sens en s'exclamant : « J'ai eu presque tout bon ! ».

« Super, Ronny ! », le félicita Annie.

Ronny rayonnait de joie, et le fait qu'Annie le félicite contribuait grandement à sa fierté et à son euphorie.

Une fois que tous les petits rennes eurent regardé leurs résultats, la maîtresse annonça qui faisait partie des six meilleurs.

« Vous avez tous été super, les enfants ! Mais, comme promis, j'ai une surprise pour les six meilleurs d'entre vous. Comme vous le savez, il ne reste qu'une semaine avant le réveillon de Noël et la distribution des cadeaux pour tous les enfants. Cette année, les six gagnants pourront intégrer la fabrique des cadeaux et tirer leur propre traîneau. Cela signifie qu'ils s'occuperont de l'emballage des cadeaux et distribueront les cadeaux à des centaines d'enfants ».

Excités par la nouvelle, les petits rennes tendirent tous attentivement les oreilles pour écouter leur maîtresse.

« Les rennes s'étant démarqué dans ce contrôle en obtenant les meilleurs résultats sont : Charlie, Annie, Frederik, Lia, Benni et le dernier... Ronny ! Félicitations à vous six ».

Ronny et les autres n'en revenaient pas de la chance qu'ils avaient. Emballer les cadeaux avec ses amis et tirer l'un des traîneaux décorés de multiples couleurs était le rêve de tous les petits rennes.

La classe félicita les six petits rennes par une salve d'applaudissements. Seul Brutus ne participa pas à l'euphorie. Il fixa les six chanceux avec un regard belliqueux. « Ça ne va pas se passer comme ça ! », grommela-t-il.

Mais ni Ronny ni ses camardes ne lui prêtèrent attention. Pour eux, seule la semaine prochaine comptait. Ils auraient beaucoup à faire. Car même s'il leur tardait d'emballer et de distribuer les cadeaux pour les petits rennes, ce serait aussi une grande responsabilité.

Mais Ronny avait le temps d'y réfléchir. Aujourd'hui, il devait d'abord fêté ses résultats. Lors du contrôle, il avait hésité plusieurs fois, mais il avait cru en lui, il avait persévéré et, au final, il avait réussi !

Mme Neige vint féliciter le petit renne : « Tu as fait du bon travail, Ronny. Je savais que tu en étais capable ». Puis elle ajouta : « Je t'ai aussi vu hier tenir tête à Brutus. C'était courageux de ta part, mais s'il t'embête à nouveau, viens me voir, je sais que Brutus peut parfois se montrer méchant ».

La fabrique de cadeaux

Le lendemain matin, Ronny sauta joyeusement hors de son lit et enfila son t-shirt bleu préféré.

Il ne restait qu'une semaine avant le réveillon de Noël. Les six petits rennes devaient se réunir pour la première fois aujourd'hui à la fabrique de cadeaux pour commencer à emballer les cadeaux.

Ronny se mit en route. Ses camarades trépignaient déjà d'impatience devant l'entrée lorsqu'il arriva.

« Bonjour Ronny, nous n'attendions plus que toi », dit une voix grave. C'était un lutin qui regardait Ronny avec un grand sourire.

« Je m'appelle John. Je vais vous faire visiter la fabrique et vous expliquer tout ce qu'il faut savoir sur l'emballage des cadeaux ».

John guida la joyeuse troupe dans la fabrique et leur montra où les cadeaux étaient livrés, où se trouvaient les cartons et le papier cadeau et où les cadeaux déjà emballés devaient être placés.

Une fois les informations en tête, les petits rennes se mirent au travail. Ronny prit un gros ours en peluche et l'emballa soigneusement dans un papier cadeau de

Noël. Sur le papier, des motifs rouges et dorés scintillaient merveilleusement.

Les autres enfants s'attelèrent eux aussi à la tâche, si bien qu'à la fin de la journée, une grande montagne de cadeaux emballés s'amoncelait déjà. Les enfants applaudirent leurs efforts et leur accomplissement et se donnèrent rendez-vous pour le lendemain.

Mais le lendemain matin, lorsque Ronny arriva à la grande fabrique de cadeaux, il tomba des nues. D'innombrables petits morceaux de papier cadeau et de nœuds étaient éparpillés sur le sol. Certains voletaient même dans la pièce, soufflés par un courant d'air. Quelqu'un avait détruit toute la réserve de papier cadeau pendant la nuit.

Le cambrioleur

Abasourdis, Ronny et ses petits camarades observaient le désastre, paralysés par l'angoisse. Tous les jolis rouleaux de papier cadeau formaient à présent un monticule de lambeaux.

« Qui a pu faire une chose aussi horrible et gâcher la fête de Noël des enfants ? », souffla Ronny du bout des lèvres.

« Bon, rester les croisés ne sert à rien », dit Annie. « Cherchons plutôt le coupable ». Les enfants rennes commencèrent à chercher des indices, mais la porte avait été fermée à clé durant la nuit et il n'y avait aucune trace d'effraction.

« Venez voir ici ! », s'écria alors Charlie. Ronny, Annie et les autres rennes accoururent aussitôt. Charlie leur indiqua une fenêtre du doigt. Elle était entrouverte.

Il n'y avait aucune trace de pattes à l'intérieur. Ronny se pencha alors par la fenêtre et scruta les environs. Il trouva finalement ce qu'il cherchait : des empreintes de pas dans la neige ! Et plus précisément de sabots !

Certaines empreintes menaient à la fenêtre et d'autres s'en éloignaient. Les petits rennes étaient sûrs que les empreintes de sabots appartenaient au cambrioleur.

En regardant de plus près, ils déterminèrent que les empreintes étaient celles d'un renne. Cependant, les sabots étaient petits ; ils appartenaient donc à un jeune renne.

Ronny et les autres se demandèrent quel renne avait pu faire ça.

« *C'est sûrement Brutus !* », s'exclama Annie. Les enfants rennes étaient d'accord avec leur camarade : il y avait de grande chance que Brutus fût le cambrioleur ! Ils ne pouvaient pas encore le prouver, mais aucun autre renne n'aurait été capable d'une telle infamie ! Ils décidèrent donc d'aller le confronter.

Les six petits rennes trottinèrent activement le long des rues glacées jusqu'à la maison où Brutus vivait avec ses parents.

Finalement, les jeunes animaux arrivèrent à destination. La petite maison dans laquelle vivait Brutus se trouvait à un carrefour ; elle était construite en neige et en glace. Elle avait l'air confortable.

Les amis s'approchèrent prudemment de la maison. Ronny s'apprêtait à frapper à la grande porte d'entrée quand il vit qu'il y avait une sonnette.

L'angoisse le saisit alors. Il voulait de tout son cœur affronter Brutus, mais en même temps, il était nerveux et hésitait.

Ronny avait toujours du mal à parler à des inconnus. Il se sentait mal à l'aise. C'est alors qu'il repensa à sa rencontre avec Bobbi et Pinpin. Il avait ressenti les mêmes fourmillements dans la nuque et la même boule au ventre lorsqu'il les avait vus. Mais l'angoisse que ça se passe mal s'était avérée infondée. Au final, il s'était fait deux nouveaux amis.

Et puis, Ronny et ses camarades n'avaient pas le choix. La fête de Noël approchait à grands pas et le temps passait à toute allure.

Ronny prit donc son courage à deux mains et appuya avec son sabot sur la sonnette qui se trouvait sous la pancarte.

Un grelot strident retentit. Puis le silence revint. Quelques secondes plus tard, des pas approchants se firent entendre à l'intérieur. La porte s'ouvrit sur une femelle renne adulte. Certainement s'agissait-il de Chloé Dupont, la mère de Brutus.

Ses sabots ressemblaient aux empreintes que les six aventuriers avaient trouvées devant la fenêtre. Cependant, ils étaient bien trop grands pour qu'elle puisse être le cambrioleur.

« Bonjour les enfants, vous venez sûrement voir Brutus… Vous êtes amis avec mon fils ? », demanda-t-elle aux petits rennes.

Probablement tout sauf des amis, se dit Ronny à lui-même, sans toutefois exprimer à voix haute sa pensée.

Un bref silence s'ensuivit, perturbé finalement par Annie : « Oui, nous venons lui rendre visite. Il est à la maison ? ». La maman de Brutus hocha la tête en signe d'approbation.

« Oui, il est là. J'ignorais qu'il attendait de la visite. Je l'appelle de suite, je suis sûre qu'il va être ravi », répondit-elle d'un air joyeux.

« Brutus, viens ici, s'il te plaît, tes amis veulent te voir ! », cria-t-elle dans la maison.

La réponse ne tarda pas à venir : « Un instant, maman, j'arrive ».

La mère de Brutus dit au revoir aux petits rennes et retourna à ses occupations. Peu de temps après, Brutus fit son apparition.

En apercevant les six petits rennes qui l'attendaient avec des regards sévères, l'angoisse le saisit. Son visage serein à son arrivée devint tout rouge.

Il se tenait sur le seuil de la maison, les pattes tremblotantes, gardant ses distances du groupe visiblement en colère.

Ronny fut étonné par la réaction de Brutus. D'habitude, ce dernier avait une attitude insolente, un regard téméraire et une assurance que rien ne pouvait faire flancher. Devant eux, aujourd'hui, se tenait un tout autre Brutus, un Brutus qu'ils n'avaient jamais vu. Ses épaules étaient affaissées, son regard fuyait le leur et ses genoux s'entrechoquaient.

Charlie fit un pas vers Brutus et dit : « Nous savons que c'est toi qui as détruit le papier cadeau ! Comment peux-tu gâcher la fête de Noël des enfants » ?

Brutus était paralysé par la nervosité. Il ne parvenait qu'à trépigner sur place. Son sourcil gauche s'agitait de manière incontrôlée. Il tenta de se défendre : « N... non, ce n'est pas moi ! », clama-t-il à l'intention de Charlie.

C'est alors qu'Annie intervint : « Ah non ? Alors comment tu expliques ça !? ».

La petite renne pointa de son sabot les pattes de Brutus. Sous l'un de ses sabots était accroché un morceau de papier cadeau vert imprimé d'un motif rouge doré. Le motif correspondait exactement au papier cadeau de la fabrique d'emballage. Il n'y avait plus aucun doute, Brutus était le cambrioleur !

Sous l'évidence des faits, il n'y avait plus d'issue pour Brutus. Il resta là, campé sur ses pattes, sans prononcer un mot. Bien qu'il mît tout son cœur à les repousser, les larmes finirent par brouiller ses grands yeux. Sa lèvre inférieure trembla, puis les larmes se mirent à couler en silence sur ses joues. La culpabilité faisait le petit renne trembler de tout son corps.

Son désespoir était tel, qu'il ne pouvait plus s'arrêter de pleurer.

« V... vous avez raison. C'était moi. Je suis désolé ! », hoqueta Brutus, puis il ajouta : « J'étais triste et en colère que vous ayez été six à faire mieux que moi au contrôle et que vous alliez pouvoir tirer le traîneau cette année. J'en ai toujours rêvé. Mais je vous en supplie, ne dites rien à mes parents, sinon je n'aurai pas de cadeaux de Noël cette année. Je vous promets de réparer mes fautes et de vous aider avec les cadeaux… ».

En voilà un revirement de situation auquel les six amis ne s'étaient pas attendus. D'une certaine manière, Ronny avait de la peine pour Brutus. Il ne l'avait encore jamais vu comme ça. Brutus n'était pas un mauvais renne, au final, il s'était laissé emporter par ses sentiments, par la tristesse de ne pas pouvoir aider à distribuer les cadeaux cette année.

Bien sûr, ce n'était pas une excuse pour gâcher la fête de Noël des enfants. Ronny était toutefois désolé que lui et ses amis aient mit Brutus dans un tel état, c'est pourquoi il s'approcha de ce dernier et le prit entre ses pattes.

« Tout va bien, ne t'inquiète pas. Tu vas nous aider avec les cadeaux, si on y met tout notre cœur, on arrivera peut-être à terminer à temps ! »

Annie et Charlie hochèrent la tête en signe d'approbation.

« Merci », hoqueta Brutus en séchant ses larmes, « merci de m'avoir pardonné ».

« Ce qui n'empêche qu'on va avoir besoin de nouveau papier cadeau », constata Charlie. Soudain, un petit animal brun arriva en sautillant au coin de la rue. C'était Pinpin, qui avait remarqué le rassemblement devant la maison et les visages perplexes des enfants.

« Salut, les amis, qu'est-ce qui se passe par ici ? Vous avez déjà fini d'emballer les cadeaux ? », demanda le lapin brun.

« Salut Pinpin, non, malheureusement », répondit Ronny. « Nous avons un gros problème : nous n'avons plus de papier cadeau ! ».

Pinpin comprit la gravité de la situation et réfléchit un instant. Puis il répondit : « J'ai encore quelques rouleaux de papier cadeau entreposés chez mon cousin Sammy. On l'utilise pour les cadeaux de Pâques, mais d'ici là, j'ai le temps d'en trouver d'autres. Je pense que vous en avez plus besoin que moi à cet instant ».

« C'est génial ! », s'exclama Annie, « à la fabrique de cadeaux, on a un pinceau, on pourra peindre des motifs de Noël à la place de ceux de Pâques ».

Les petits rennes poussèrent un « Hourrah » auquel même Brutus participa. Il y avait de nouveau de l'espoir que les cadeaux soient prêts avant la veille de Noël.

En quête de papier cadeau

Le groupe se mit en route vers la maison du cousin de Pinpin, Sammy. Brutus s'était joint à eux. Une fois sur place, ils furent invités à se rendre dans la réserve. Et, effectivement, dans la cave du foyer de Sammy, s'entassait un grand nombre de rouleaux de papier cadeau. Aucun d'eux ne comportait de motifs de Noël, mais c'était mieux que pas de papier cadeau du tout. Chaque renne prit deux rouleaux sous les pattes, puis remercièrent les lapins qui leur sauvaient la mise.

Boostés par l'espoir, ils galopèrent équipés du nouveau papier cadeau de la maison du lapin jusqu'à la fabrique de cadeaux, où ils devraient emballer les cadeaux, puis peindre le papier.

Une fois sur place, Ronny prit la parole d'une voix motivante : « C'est parti, les amis ! Il y a du travail, mais on a encore le temps ! On peut y arriver ! »

Ronny, Brutus et Annie se rendirent dans l'atelier annexe pour chercher le pinceau et la peinture, tandis que les autres enfants rennes s'affairaient à l'emballage des cadeaux.

« J'ai trouvé les couleurs ! », s'exclama Brutus en brandissant triomphalement une palette de peinture à l'eau contenant toutes les couleurs de l'arc-en-ciel.

Les animaux cherchèrent le pinceau, mais ne le trouvèrent pas. Il n'était pas dans les tiroirs ni dans l'étagère à outils.

Ils cherchèrent longtemps et étaient sur le point d'abandonner, quand soudain Annie s'écria euphorique : « Le voilà ! ».

Elle était agenouillée sur le sol glacé et pointait un sabot sous un établi. Le pinceau avait dû tomber et se glisser dessous.

Sur l'établi se trouvaient de lourds appareils, impossible de les soulever !

Annie essaya de passer le sabot sous l'établi, mais sa patte était trop courte ; quelques centimètres lui manquaient pour atteindre le pinceau. Et à chaque fois qu'elle essayait de se glisser davantage sous l'établi, elle se cognait avec ses petits bois.

« Laisse-moi faire ! », lui dit Brutus en invitant Annie à s'écarter. Il prit la place de celle-ci et poussa de toutes ses forces sous le banc d'outils. Mais peu importe l'effort que prodiguait le petit renne, ses bois étaient trop gros et cognaient contre le banc. Il ne lui manquait que la longueur d'un sabot.

La fête de Noël allait-elle échouer à cause de quelques stupides centimètres ? Les rennes étaient démoralisés.

Épuisé, Brutus déclara forfait : « C'est fini ! On n'a aucune chance ».

Mais Ronny refusait d'abandonner. Il gonfla le torse pour se gorger de courage et s'exclama : « Laissez-moi essayer, avec mes bois, je pourrai peut-être y arriver ! ».

Ronny s'agenouilla au sol et tendit la patte vers le pinceau. Il s'enfonça de plus en plus sous le lourd établi. Ce faisant, il tournait la tête de manière à ce que la moitié de ses bois, plus petite et tordue, vienne buter contre le meuble. Cela lui permettait de gagner quelques centimètres de plus que ses camarades.

Cette petite différence était suffisante. Au prix d'un dernier grand effort, Ronny réussit à s'emparer du pinceau et à le sortir de sous l'établi.

« Tu as réussi ! », jubilèrent Annie et Brutus de concert.

Tous trois galopèrent jusqu'à la fabrique de cadeaux et racontèrent aux autres ce qui s'était passé. Tout le monde traita Ronny comme une superstar.

« Tu vois, Ronny, au final, tes bois sont spéciaux ! », dit Charlie à Ronny avec empathie en le serrant entre ses pattes pour le féliciter. Ce jour-là, les rennes emballèrent presque tous les cadeaux.

Les œufs de Pâques sur le papier cadeau furent remplacés par de gros flocons de neige. Les jours suivants, les enfants continuèrent à travailler avec acharnement. Les heures et les jours passaient à une vitesse folle et la fête de Noël approchait à grands pas.

Ponctuellement, le dernier jour avant le réveillon de Noël, les enfants avaient fini d'emballer les cadeaux et une énorme montagne de cadeaux colorés et scintillants s'élevait devant eux.

Les enfants étaient épuisés après tant d'efforts. Leurs pattes étaient douloureuses à force de dérouler, couper et scotcher le papier cadeau, mais en regardant la montagne de cadeaux, ils retrouvèrent leur entrain. Leurs efforts avaient fini par payer. La montagne touchait presque le plafond. Les cadeaux étaient magnifiques.

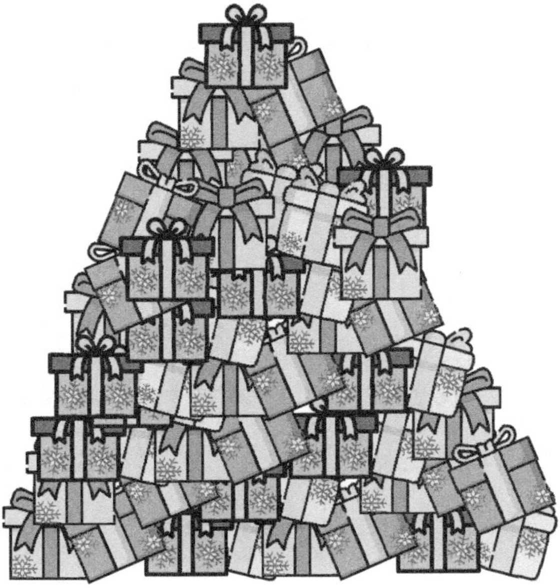

Le papier cadeau peint et les rubans colorés brillaient sous les lumières de la fabrique de cadeaux. Pour célébrer leur réussite, les rennes tendirent leurs pattes en l'air et battirent leurs sabots les uns contre les autres dans un tintamarre euphorique. Brutus s'était joint à eux et félicita Ronny une nouvelle fois : « Je suis désolé de m'être moqué de tes bois. Sans toi, nous n'aurions jamais eu le pinceau et les cadeaux n'auraient pas été prêts à temps ».

Brutus avait compris qu'on ne pouvait pas se moquer des autres simplement parce qu'ils étaient différents. La différence de Ronny faisait de lui quelqu'un de très spécial.

Ronny et ses amis avaient beaucoup appris ces derniers jours. Notamment qu'avec de vrais amis à ses côtés, on peut tout faire, même si la tâche ou le défi semble impossible.

Ce jour-là, les enfants rennes se couchèrent de bonne heure, car le lendemain, c'était le grand jour. Demain, les cadeaux seraient distribués à tous les enfants du monde entier.

Le grand jour

Le grand jour était enfin là, le jour tant attendu par les enfants : le 24 décembre. Le soleil se levait lentement et ses premiers rayons effleuraient les toits enneigés de la fabrique de Noël la faisant scintiller d'un éclat magique.

Un rayon de soleil chaud traversa la vitre, illumina la chambre de Ronny et lui chatouilla le bout du nez. Le petit renne se réveilla, bâilla longuement et fut poussé hors de son lit par l'impatience de vivre ce jour merveilleux.

Dans quelques heures, les enfants du monde entier et leurs parents célébreraient la fête de Noël. Ils riraient et se réjouiraient en ouvrant leurs cadeaux.

Il n'y avait qu'un seul problème. Le petit groupe de rennes avait certes emballé et empilé les cadeaux, mais ces derniers se trouvaient dans la fabrique de cadeaux et devaient encore être placés dans l'un des traîneaux magiques pour être distribués.

Ronny et ses amis allaient devoir faire vite. Secrètement, Ronny avait peur de ne pas pouvoir livrer tous les cadeaux à temps. Ils avaient déjà parcouru tout ce chemin, il ne pouvait et ne voulait pas abandonner. Ses amis et sa famille le soutenaient et la joie de milliers d'enfants dépendait de lui.

Avant de se lancer dans la distribution des cadeaux, Ronny devait prendre des forces. Il lui fallait donc manger quelque chose. Il se dirigea vers la table du petit-déjeuner où ses parents l'attendaient déjà. Des petits pains avec du beurre de baies des bois, une spécialité des rennes, reposaient sur une assiette. Le beurre de baies des bois était le petit déjeuner préféré de Ronny. Les baies étaient connues pour être très bonnes pour la santé et le petit renne en raffolait.

Pendant le petit déjeuner, Ronny dévora les petits pains au beurre de baies des bois vidant progressivement l'assiette. Tout en mangeant, il réfléchissait à la manière la plus habile d'entreposer les cadeaux dans le grand traîneau.

Il faisait des calculs, dans un sens, dans l'autre, mais il avait beau tourner et retourner l'équation dans tous les sens, impossible d'entasser la totalité des colis ! Le traîneau était certes grand, mais il y avait trop de cadeaux pour pouvoir les entasser tous et les transporter en une seule journée.

Ronny se découragea. Était-ce la fin ? Tous ces efforts, toutes ces aventures, n'avaient-ils servi à rien ?

Ronny ne laissa toutefois pas le dépit l'emporter. Hors de question qu'il perde espoir ! Ses amis et lui avaient déjà relevé tant de défis, ils n'allaient pas abandonner si près du but !

Il engloutit un dernier pain au beurre de baies des bois pour se donner du courage et se mit en route.

Arrivé à la fabrique de cadeaux, il poussa l'immense portail d'entrée brun. Ce qui l'attendait de l'autre côté le stupéfia.

Au milieu du hall trônait un traîneau de Noël doré, décoré de gros flocons de neige et de guirlandes étincelantes.

Sur la partie avant du traîneau avait été fixé un harnais préparé pour six rennes.

Au milieu, un siège attendait d'accueillir confortablement le lutin responsable de la distribution. L'arrière du traîneau était la partie la plus spacieuse. C'était là qu'étaient entreposés les cadeaux. Elle ressemblait à une sorte de coffre gigantesque.

Ronny était impressionné.

« Pas de temps à perdre, Ronny, faut y aller ! », s'écria Annie à l'intention du petit renne. Annie était déjà en train de ranger les cadeaux dans le coffre du traîneau avec les autres rennes.

Ronny ne se le fit pas dire deux fois et se mit lui aussi à la tâche.

Ensemble, ils chargèrent de nombreux cadeaux. Ceux-ci étaient triés en fonction des localités dans lesquelles les enfants habitaient.

Le temps passait, mais la montagne de cadeaux semblait ne pas diminuer . Les petits rennes étaient exténués, or il leur restait des centaines de cadeaux à ranger. Si les six continuaient à travailler à ce rythme, les cadeaux ne seraient jamais tous dans le coffre d'ici ce soir.

Ils devaient changer quelque chose dans leur méthode - mais quoi ?

Les six amis décidèrent de faire une pause et s'assirent tous ensemble. Ils discutèrent de ce qu'ils pouvaient faire ou de qui pouvait les aider.

Mais même s'ils doublaient leur nombre en incluant des amis, ce ne serait pas suffisant pour parvenir à leurs fins.

Après avoir explosé de nombreuses hypothèses infructueuses, Charlie se tourna vers le groupe : « Nous devons demander de l'aide à Mme Neige ! ».

Ronny et ses amis étudièrent la question.

Comment leur enseignante réagirait-elle ? Serait-elle fâchée qu'ils ne l'aient pas prévenue plus tôt ou déçue qu'ils n'aient pas réussi à faire le travail sans son aide ?

« Non… non… on va y arriver », protesta Ronny en secouant la tête.

Au lieu de demander conseil à leur maîtresse, il traîna le cadeau suivant. Il contracta ses muscles fatigués et dit : « Allez ! Redoublons d'efforts et nous y arriverons ! ».

Les autres s'échangèrent des regards dépités. Ils savaient que cela ne marcherait pas, mais ils ne voulaient pas contredire Ronny et le décevoir, aussi se remirent-ils eux aussi au travail.

Une demi-heure s'écoula, et la montagne de cadeaux semblait toujours aussi imposante.

À bout de forces, Charlie dit à Ronny : « Ronny, nous n'avons pas le choix. Je comprends que l'idée de demander de l'aide à la maîtresse ne te plaise guère, c'est pareil pour moi. Mais rendons-nous à l'évidence, sans son aide, nous pouvons oublier les cadeaux ».

Ronny laissa traîner son regard tout le long de la pile. Épuisé lui aussi, il peinait à tenir sur ses jambes. Charlie avait raison. Les enfants devaient demander conseil à leur institutrice. Après tout, le Noël d'innombrables enfants était en jeu.

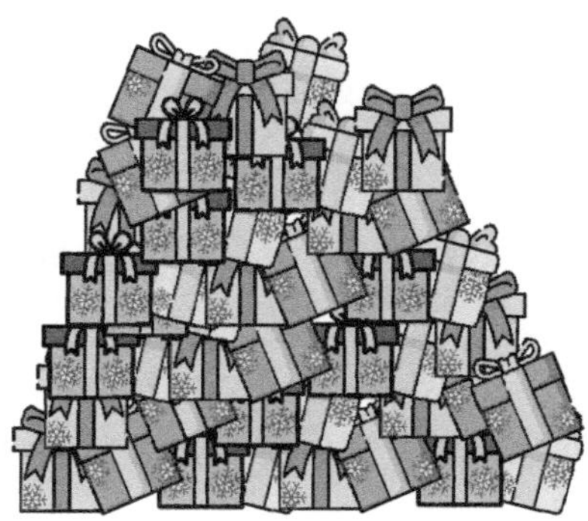

Une aide de dernière minute

« D'accord, on lui demande ! », céda Ronny.

« Ronny et moi allons demander de l'aide à Mme Neige. Pendant ce temps, continuez », dit Annie au groupe.

Puisant dans leurs dernières forces, ils se hâtèrent en direction de l'école pour trouver leur institutrice. Ils se retrouvèrent bientôt devant la salle des professeurs.

Ronny était mal à l'aise. Ses oreilles tombaient et il regardait le bout de ses sabots, gêné. À mesure qu'il approchait de la porte, sa nervosité croissait. Annie était dans le même état, elle aussi hésitait à déranger leur maîtresse.

Madame Neige avait parfois un regard austère et pouvait se montrer sévère si les enfants la décevaient.

Mais sans l'aide de la maîtresse, les enfants n'auraient pas leur fête de Noël.

Ronny prit donc une grande inspiration. Il sentit l'air frais affluer dans ses poumons et lui donner un peu d'énergie. Les genoux flageolants, il frappa à la porte :
« Pa… pardon, Madame Neige, vous êtes là ? ».

« Oui, entrez, les enfants, la porte est ouverte ! », s'écria-t-elle.

Les deux rennes tournèrent la poignée et la vieille porte en bois s'ouvrit dans un grincement infini. Les rennes entrèrent.

Confortablement installée dans son fauteuil en bois brun, Madame Neige corrigeait les travaux scolaires de la classe.

Elle semblait de bonne humeur. En voyant les enfants, ses sourcils se haussèrent dans un mélange de joie et de curiosité. Ses lèvres s'étirèrent sur un beau sourire.

« Qu'est-ce qu'il se passe, les enfants ? », voulut-elle savoir.

Ronny et Annie restaient silencieux. Ils étaient très nerveux, mais ils savaient que leurs amis et de nombreux enfants comptaient sur eux, aussi Ronny prit une nouvelle fois une grande inspiration pour rassembler son courage.

« N... nous avons besoin d... d'aide pour charger les cadeaux », annonça-t-il à l'enseignante et ajouta : « Nous avons travaillé toute la journée, mais le papier cadeau a été détruit... et... et... ». Madame Neige l'interrompit.

« Ce n'est pas un problème, je me demandais justement si je pouvais apporter ma contribution ».

Mme Neige était toujours étonnamment calme et compréhensive. Ronny et Annie étaient visiblement soulagés. Au final, ce n'était pas si mal de demander de l'aide. La peur de la réaction de Mme Neige était totalement injustifiée.

« Allez-y ! Je vous rejoins dans cinq minutes », leur intima la maîtresse.

Ronny et Annie acquiescèrent et retournèrent en toute hâte à la fabrique de cadeaux, là où les autres rennes les attendaient avec impatience.

« Alors, elle peut nous aider ? », demanda Charlie.

Avant que Ronny n'ait pu répondre, un puissant bip retentit.

Les petits rennes braquèrent leurs regards anxieux sur le côté. La porte grise du garage s'ouvrit.

Derrière celle-ci apparut un énorme chariot élévateur jaune. Avec stupeur, les enfants découvrirent que le conducteur du chariot n'était autre que Mme Neige. Un grand sourire sur le museau, l'enseignante se dirigea vers les enfants et abaissa prudemment la fourche du chariot. Sur celle-ci se trouvait une palette en bois.

Les enfants se réunirent autour de Mme Neige pour admirer ce véhicule miraculeux.

La maîtresse demanda alors aux enfants de placer des cadeaux sur la palette en bois.

Les enfants s'exécutèrent sans tarder en y plaçant une bonne douzaine.

Puis, ils firent un pas en arrière. Lentement, Madame Neige souleva la palette de cadeaux qu'elle guida en direction du traîneau de Noël. Une fois arrivée, elle inclina légèrement la fourche vers l'avant, de sorte que tous les cadeaux dégringolèrent dans le coffre.

Deux des rennes bondirent aussitôt dans le coffre et se mirent à empiler les cadeaux alors sens dessus dessous afin d'optimiser l'espace.

« C'est nettement plus rapide comme ça », commenta la maîtresse avec un petit rire.

« En travaillant activement, les cadeaux pourront tous être rangés à temps ».

En quelques minutes seulement, ils chargeaient des dizaines de cadeaux. Sans l'aide de l'enseignante, le petit groupe de rennes aurait mis beaucoup plus de temps.

Toujours émerveillé par le véhicule, Ronny courut jusqu'à la montagne de cadeaux près de laquelle Madame Neige attendait déjà les enfants.

Une moitié des rennes était responsable de charger les cadeaux, l'autre moitié de les ranger. Grâce ce système, la montagne de cadeaux à charger se réduisait de plus en plus vite.

À la fin de la journée, tandis que le soleil déclinait, les animaux affairés déchargèrent les derniers cadeaux de la palette du chariot élévateur.

C'était un spectacle magnifique à contempler que le coffre plein à craquer du traîneau de Noël ! Les amis contemplèrent le résultat de leur dur labeur. Leur application et leurs efforts des derniers jours avaient fini par payer ! Ils pouvaient être fiers de leur réussite.

Ils se tapaient d'ailleurs dans les sabots les uns des autres pour se féliciter.

En appréciant le spectacle, Ronny ne put s'empêcher de se rappeler qu'il avait eu bien du mal à demander de l'aide à sa maîtresse. Il était fier d'avoir pu surmonter son anxiété. Avec le recul, il se rendit compte que ses craintes étaient infondées. Sa maîtresse les avait volontiers aidés. En plus, elle avait un grand cœur et n'était pas du tout effrayante, comme les enfants le pensaient auparavant.

Bobbi franchit alors la porte et fut acclamé par les enfants.

Le lutin salua gaiement Ronny et ses amis.

« Bonjour les enfants, vous avez vraiment fait du bon travail, et en plus, vous l'avez terminé à temps. Les choses sérieuses commencent maintenant. Nous allons livrer les cadeaux. Vous êtes prêts ? »

Les jeunes rennes sautillèrent en l'air en poussant des cris de joie. Pour Ronny et ses amis, c'était la première fois qu'ils allaient tirer un traîneau de Noël en dehors de l'école. Mais allaient-ils arriver à livrer tous les cadeaux à temps ?

Le décollage catastrophe

La nuit commençait à tomber ; il était temps de distribuer les cadeaux.

Bobbi, le petit lutin, aida les rennes à enfiler leur harnais et les attacha au traîneau.

Positionnés en tête, Ronny et Annie étaient en charge d'orienter le traîneau. La porte du garage était grande ouverte. C'est par là que le traîneau quitterait la fabrique de cadeaux. Derrière celle-ci s'étirait une piste de décollage, d'où ils pourraient prendre leur élan pour s'envoler.

Ronny et ses amis tremblaient d'impatience et un peu d'inquiétude. Ils s'étaient certes entraînés des centaines de fois à tirer des traîneaux à l'école, mais cette fois-ci, c'était différent.

Les genoux de Ronny semblaient tout mous et son cœur battait de plus en plus vite. Bobbi donna alors le signal et les petits rennes se mirent à tirer le traîneau magique. Ils franchirent d'abord le grand portail du garage pour se rendre sur la piste de décollage. Une fois arrivés, ils plièrent leurs pattes et tirèrent de toutes leurs forces vers l'avant. Le traîneau chargé de cadeau avança tout d'abord lentement, puis de plus en plus vite et, bientôt, les pattes des rennes quittèrent la terre, centimètre par centimètre. Ronny et ses amis n'étaient encore pas très à l'aise. Ils battaient nerveusement l'air de leurs sabots.

Et c'est là que la catastrophe arriva ! Le traîneau avait parcouru quelques mètres dans les airs quand Charlie perdit l'équilibre, vacilla et percuta les sabots d'Annie. Une réaction en chaîne se produisit, chacun butant contre son camarade, et le traîneau se mit à tanguer dangereusement. Malgré ses efforts pour le maintenir dans sa trajectoire, Bobbi perdit le contrôle du traîneau et les pauvres petits rennes perdirent rapidement de l'altitude. Ils finirent par s'écraser sur le sol enneigé dans un grand fracas. Heureusement, ils atterrirent dans un gros tas de neige, aussi personne ne se blessa. Toutefois, le traîneau avait basculé sur le côté, et les cadeaux étaient à présent éparpillés tout autour du traîneau. Sans compter que le pauvre Bobbi avait atterri la tête la première dans le monticule aussi ne voyait-on que ses petites jambes battre l'air.

Ronny se démena pour se dépêtrer du monticule de neige, puis aida Bobbi à s'en sortir. Heureusement, il avait atterri en douceur, si bien que ni lui ni ses camarades ne s'étaient grièvement blessés. Toutefois, Charlie sentit une douleur dans une patte : « Aïe, je crois que je me suis tordu la patte en atterrissant », se lamenta le petit renne en boitillant.

Entretemps, Mme Neige s'était précipitée sur les lieux de l'accident. Elle avait entendu le fracas et venait en aide aux enfants. Elle s’occupa de la blessure de Charlie, tandis que les autres, toujours sous le choc, restaient assis dans la neige, luttant contre les larmes. Le traîneau devait déjà être en route vers les familles euphoriques, anxieuses de recevoir leurs

cadeaux. L'image des enfants déçus brisa le cœur du pauvre Ronny. C'était comme s'il voyait son rêve s'envoler devant ses yeux. Une grosse larme roula sur la joue du jeune renne.

Mais la tristesse fut de courte durée, car au loin, Ronny aperçut une foule de petits rennes se précipiter dans leur direction. En première ligne se trouvait Brutus. Il avait entendu parler de l'accident et avait rassemblé tous les rennes qu'il avait croisés pour aider Ronny et ses amis à recharger les cadeaux le plus vite possible. Brutus s'arrêta devant Ronny : « Pas trop de dégâts, j'espère ? Je suis venu vous aider et j'ai amené des renforts. Je voulais aussi en profiter pour m'excuser une fois de plus. Je sais que ce que j'ai fait était mal, et je veux me racheter ».

Ronny sourit à Brutus. Il lui avait déjà pardonné la toute première fois. « Tout le monde mérite une deuxième chance, Brutus », lui répondit Ronny en le serrant entre ses pattes.

Les enfants rennes ne furent pas les seuls à les aider : les lutins de la fabrique de cadeaux avaient eu vent de leur mésaventure et venaient eux aussi leur prêter main forte. Même Pinpin et Sammy clopinaient autour du traîneau pour aider à le redresser.

« Allez, on s'y met tous ! », cria Ronny à ses amis. Les animaux et les lutins coururent dans tous les sens et ramassèrent les cadeaux. Certains les ramassaient puis les lançaient à d'autres qui les disposaient sur le traîneau. En coopérant les uns avec les autres, la tâche fut rapidement accomplie : il y avait encore de l'espoir de sauver le réveillon de Noël. Mais un problème n'avait pas encore été résolu. Charlie s'était blessé et ne pouvait plus tirer le traîneau. Ils avaient besoin de quelqu'un pour prendre sa place.

Les enfants réfléchissaient à leurs options jusqu'à ce que Ronny tranche : « Je pense que Brutus ferait un excellent remplaçant. Il a répété l'exercice des centaines de fois, il peut y arriver ! ».

Brutus devint tout rouge et balbutia : « Quoi, moi ? M…mais... », balbutia-t-il, mais Mme Neige l'interrompit : « C'est une excellente idée, je suis aussi pour ! Crois en toi, Brutus, je suis sûr que tu peux y arriver ! ».

Bien qu'hésitant, Brutus se laissa harnacher et se prépara à partir.

« Cette fois, prenez votre élan mais sans vous précipiter. Décollez en douceur en prenant garde à vos sabots ! », ordonna Bobbi aux enfants rennes tandis qu'ils prenaient leur position à l'avant du traîneau.

Les rennes hochèrent la tête et commencèrent à tirer le véhicule. D'abord lentement, puis de plus en plus vite. Cette fois, ils réussirent à garder l'équilibre.

D'un petit bond, le traîneau décolla gracieusement de la piste et les rennes s'envolèrent dans le ciel nocturne.

Ronny se tourna discrètement vers Brutus et l'observa en souriant. Brutus rayonnait de joie jusqu'à la pointe de ses bois.

Ni Brutus ni Ronny n'auraient pu imaginer qu'ils deviendraient un jour amis. Brutus avait compris qu'il était méchant de se moquer des autres en raison de leur apparence et Ronny avait réalisé qu'il était bon de se montrer compréhensif et de savoir pardonner. Une douce ambiance de Noël flottait dans l'air.

La fête de Noël

Les rennes tiraient le traîneau à travers les villages et les villes où les enfants vivaient avec leurs familles. Des guirlandes multicolores et des décorations lumineuses étaient disposées aux fenêtres, les aidant à se repérer. Dans les maisons, des sapins de Noël merveilleusement décorés et scintillants attendaient les cadeaux à leur pied.

Bobbi lançait les cadeaux avec précision dans les cheminées des maisons, de sorte qu'ils finissaient toujours par atterrir directement sous le sapin de Noël. La pile de cadeaux diminuait et bientôt Bobbi lança le dernier d'entre eux.

La tâche touchait à sa fin : Ronny et ses amis avaient réussi à distribuer tous les cadeaux à temps. La fête de Noël était sauvée ! À cet instant, le travail ardu et toutes les mésaventures des jours précédents étaient oubliés. Seul le moment présent comptait.

Ronny ressentit un léger picotement dans le ventre et une chaleur délicieuse lui parcourut le corps. Il était aux anges.

Tout est bien qui finit bien

La nuit était déjà bien avancée. Les aventuriers devaient repartir chez eux, mais ils étaient fort fatigués. Leurs paupières étaient lourdes et leurs jambes épuisées. Toutefois la joie de savoir que des milliers d'enfants allaient bientôt ouvrir leurs cadeaux leur donna de l'entrain. Ce miracle aurait lieu grâce à Ronny et à ses amis.

Les enfants rennes n'étaient cependant pas au bout de leurs surprises : un cadeau les attendait eux aussi.

À l'horizon, ils aperçurent d'abord une tâche rouge entouré de blanc cotonneux, mais à mesure qu'ils approchaient de la piste

d'atterrissage, les contours de la forme se précisèrent. Le cœur battant, ils virent qu'il s'agissait d'un homme tout rond portant une barbe blanche épaisse et un bonnet rouge pointu. Derrière lui se trouvait un grand sac.

Lorsque les amis se posèrent en douceur, leur hypothèse se confirma : c'était le Père Noël en personne !

Les yeux écarquillés, Ronny, Annie, Brutus et leurs amis entourèrent l'homme au ventre rond qui accueillait les rennes avec un grand sourire. D'une voix grave et puissante, le Père Noël leur dit : « Bonjour les enfants. J'ai remarqué qu'il y a eu pas mal de désordre ici ces derniers jours ».

Comment est-il au courant ? se demanda Ronny.

« J'ai les yeux et les oreilles partout ! », dit le Père Noël en lui faisant un clin d'œil complice.

« Vous avez tous fait des choses incroyables ces derniers jours. Vous avez fait preuve de courage, vous avez pardonné à vos ennemis et vous avez travaillé ensemble en toute amitié. L'amour du prochain et l'amitié sont ce qui rend la période de Noël si magique. Vous avez été de très bons exemples, c'est pourquoi j'ai une surprise pour vous ».

Les enfants rennes écoutèrent attentivement les paroles du Père Noël, puis ils le virent se retourner et sortirent de sa hotte des cadeaux emballés de couleurs vives qu'il remit aux petits rennes.

« Je ne vous ai pas oubliés. Pour votre aide, chacun d'entre vous recevra un cadeau », dit le Père Noël.

Les yeux de Ronny brillaient. Non seulement il avait rencontré le Père Noël en personne, mais en plus il recevait personnellement un cadeau de sa part.

Les enfants regardaient leurs cadeaux, abasourdis. Ils avaient du mal à croire en leur chance.

« Allez, c'est Noël. Déballez vos cadeaux », leur intima gentiment le Père Noël.

Annie ne se le fit pas dire deux fois. Elle ouvrit son cadeau emballé de vert, imprimé de flocons de neige et entouré d'un grand ruban rouge.

« Waouh, c'est exactement les baskets que je voulais ! », s'écria Annie en brandissant une paire de chaussures de sport jaune fluo.

Ronny s'attaqua à son cadeau. Il tira sur le ruban et ouvrit le carton.

Lorsqu'il regarda à l'intérieur, ses lèvres s'étirèrent en un sourire radieux. C'était un bonnet de Noël rouge se terminant par un pompon blanc duveteux. S'y trouvait également une écharpe de Noël assortie, exactement ce que Ronny rêvait depuis longtemps.

« Tu l'as bien mérité ! », le félicita le Père Noël en prenant Ronny dans ses bras.

Débordant de joie, Ronny mit son bonnet et son écharpe.

Les animaux firent leurs adieux au Père Noël et rentrèrent chez eux pour passer le reste de la nuit en compagnie de leur famille. De retour à la maison, Ronny montra à ses parents ses nouveaux accessoires.

Ses parents étaient très fiers de leur garçon. Ronny était épuisé et se coucha dans son petit lit, mais il garda son bonnet et son écharpe avec lui.

Il apprécia la douceur du bonnet de Noël qui lui réchauffait la tête. Ravi et éreinté, il ne tarda pas à s'endormir. Malgré les nombreux obstacles et les défis qu'ils avaient dû surmonter, ç'avait été une merveilleuse journée de Noël pour le petit renne et ses amis. Ils n'étaient pas près de l'oublier.

Joyeux Noël

Découvrez d'autres histoires sur le courage et le pouvoir de l'amitié

Le courageux lapin Pinpin

Des histoires de Pâques inspirantes sur la confiance en soi, l'amitié et l'amour du prochain

https://www.amazon.fr/dp/B0BV4BS8FM

Le livre

Printed in France by Amazon
Brétigny-sur-Orge, FR

14679090R00077